橄欖色屋頂公寓
305室

從巴爾克廣場噴水池旁的巷子進去，角落是個鐘錶修理攤子。
巷子走到底，左手邊有一家花店，轉個彎，你就會看見了。

對了，就是轉角那棟橄欖色屋頂的4層樓公寓。

推開大門進來，爬樓梯時別太吃驚。頂多嘎嘎作響，
但不會危險；3樓左邊第2間，就是我的帽子工作室。
當然，我也住在這裡。

不用怕，牠不會咬人。牠是「哈魯」，牠只是想聞聞
你今天過得如何罷了。
來到這個城市的十五又二分之一天，我在對街的肉鋪
旁發現牠。牠對我搖起圓圓的尾巴時，我知道，剛買
的沙發將成為牠的床。從那天起，牠成為帽子工作室
的一員。

305

每天下午，我們散步到廣場旁的公園。沿路，我會在心裡偷偷選一個人成為我的祕密主角，為他設計一頂合適的帽子。

回到工作室，我開始動手製作散步途中構思的帽子。
工作室的陳列架上，每一頂帽子都有一個祕密的主人。

設計帽子真的適合我嗎？

我總是這樣，有人迎面過來時，我趕緊低著頭快速走過；或是看著遠方，避免與別人眼神有交集；這是我8歲時自己學會的事。我一直以為，這樣做可以避免很多麻煩。

像我這樣不可愛的人
偶然也會有幸運的事降臨。
幾個月前的一個下午，
我在廣場前散步時，
遇見了一位氣質不凡的女士。

那天，她的帽子讓我的眼神多停留了幾秒。
這位女士也因為
哈魯搖起圓滾滾的尾巴而蹲下身來撫摸牠，
她熱情爽朗的笑聲讓人感到很輕鬆。
這就是開始，
我的帽子作品在這位善良熱情的女士——凱兒
經營的手工雜貨鋪「BASA」販賣的開始。

我的手工製帽子陸續在「BASA」
找到主人。這是件快樂的事，
但是，我內心深處卻有一個貪心的夢想，
一個從我來到這城市1132個日子以來，
沒有消失過的夢想──
擁有一家為客人量身訂做的帽子專賣店。

我在店裡，為每一位上門的客人設計獨一無
二的帽子。我期待客人戴上帽子，就像被施
了魔法般，挖掘出連自己都不知道的自己，
因而帶來小小的幸福。我希望每一次，帽子
主人戴上帽子時，都會有種「好像會遇到什
麼特別的事喔」，心會怦怦跳的期待感。

說來容易，實際上卻有一個令我相當困擾的問題，

那就是 每個人都不一樣。

每一個人不管頭型、長相、氣質、想法都不一樣；
而我卻無法真正地了解別人。
只憑自己的想像自以為是才做的帽子，不算是一項好帽子吧！
我想，誰都不想擁有一頂自以為是的帽子。

「你這個閉門造車的傢伙，要不是你膽小又彆扭的個性，
我們早就出頭了。」
彩色雞拍拍翅膀，用高亢聲音生氣地說著。

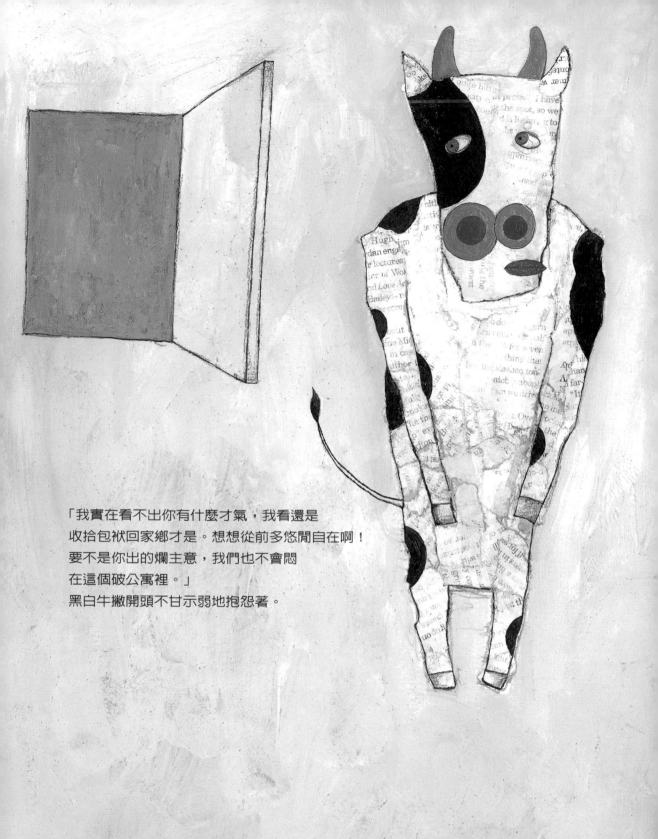

「我實在看不出你有什麼才氣，我看還是
收拾包袱回家鄉才是。想想從前多悠閒自在啊！
要不是你出的爛主意，我們也不會悶
在這個破公寓裡。」
黑白牛撇開頭不甘示弱地抱怨著。

在我搞不定自己時，彩色雞和黑白牛就會伺機出來鬧
事；我沒告訴你這件事吧，通常我是不會隨便告訴人
的。

這兩個傢伙跟著我，住在隔壁時空的兩個房間裡。彩
色雞對自己的才華充滿自信但口無遮攔；黑白牛行事
保守，個性害羞卻固執；他們在創作幸福帽子的問題
上，有不下百次的爭執。

哎！別吵了，我藉著起身到廚房喝口水，
把他們兩個趕回房間裡。

特別的事要發生時，總是裝作和平常沒什麼兩樣。

星期三下午2點鐘，我和平常一樣清理一下唱片上的灰塵，
放上唱針，一邊聽音樂、一邊嘗試為今天的主角——
有一顆金色鑲牙、喜歡找人聊天的書報攤老闆設計帽子。

我整理一下草稿，選了一張最滿意的，畫
出它的版型。再選了一塊適合的布料，剪
裁出帽子的形狀。

，門鈴響了。

也為我帶來裡面
糖，也帶來有

買了我前些時
記釣魚應該會招
魚鱗帽離開時這

合適的主人！
那頂帽子原來

與凱兒在玄關聊了一會兒，她離開之後，我關上門就
發現哈魯不在沙發上，不在常躺的墊子上，廚房、陽
台都沒有牠的蹤影，哈魯不見了！

凱兒走時，會不會哈魯也牠跟著出去，
現在還在走廊上玩呢？

糟了，走廊上也沒有。

若是跑到大街上，要找回牠就不容易了。
我匆忙跑到一樓，看到大門是關著的，鬆了一口氣。
也許牠還在這棟樓裡！

趕緊問一下瑪琪小姐！

瑪琪小姐是這棟公寓的管理人，
她就住在一樓101號房，是這裡住得最久、
我唯一說過話的人。
她繼承了祖母留下的公寓，平常負責租房退房、鑰匙
保管、房間清潔。
沒事的時候，她會在一樓的櫃檯裡發呆、自言自語或
是整理一本老舊的記事本。

最近，她常常不在櫃檯裡，雖然前幾天我還慶
幸，可以不用聽她抱怨某某住戶門口老是有髒
腳印、誰的鑰匙老是弄丟，或者直接對我說哈
魯的毛會讓她過敏之類的事；甚至在我經過
時，用抹布拚命擦桌面和牆面，對我做無聲的
抗議；但今天，我卻希望她在櫃檯後面，因為
這樣的話，或許她會盡責地幫我注意到哈魯。

在一樓走廊繞了一圈，絲毫沒有哈魯經過的痕跡。
一樓有3個房間，和樓上的結構有些不同，
瑪琪小姐隔壁的102號房，
微開的門縫中透出暈黃的燈光，
震耳的敲打聲從裡頭傳出來。
我站在門口敲了幾下，沒有人回應。

「有人在嗎？」我擅自推開門。
眼前的景象有點嚇人，一些灰灰的奇形怪石
堆到天花板，幾乎淹沒了整個房間。

沿著化石堆縫裡的小走道，我進到房間後面。
一位灰髮的老先生背對我，站在一張大桌子前，
正朝什麼東西猛力敲打。
啊！該不會是哈魯吧！我不自覺大叫一聲。
戴著厚重深度眼鏡的老先生嚇得掉了手上的鐵器，
「做什麼？」嚴厲的眼神和震耳的大嗓門，加深了我的驚恐；
「請問……有看到狗嗎？……」我邊說邊偷瞄他背後，
確定桌上不是哈魯。
那是一具大型動物的化石標本平躺在桌面上，我鬆了一口氣。

老先生似乎沒聽到我的問話。

他指著化石說，「這是花了我14年時間才蒐集到的喔！就差拇指，這具袋虎的研究報告就可以完成了。」

喘口氣又說，「不過，拇指卻找了3年都找不到。學院其他人還質疑我，說要砍掉我的經費。但他們不知道拇指是袋虎捕食的利器，決定牠能攀爬樹上或者只能在地上，太重要了，牠為什麼滅亡，都靠這最後的拇指決定。而現在找不到，就等於報告無法完成。哎！」

「有些人以為事情只要完成了百分之九十九，就是全部了。卻不知道剩下的百分之一才是關鍵。」老教授氣憤地說。

我突然想起哈魯，我不該在這裡耽擱，儘管突然告別像闖
進來一樣，都有些不禮貌。
我又說了一次，「我是來找狗的。」「什麼？狗，沒有沒
有，山貓倒是有啦。」
在重聽的老教授拿來山貓化石前，我趕緊離開。

我上了2樓，繞走廊走了一圈；有個穿毛線背心，我沒見過的男子正好上樓，在205室門前從口袋中取出鑰匙。我問他有沒有看到一隻捲毛狗。

「你的狗嗎？」穿背心的男人把鑰匙對準門
孔，轉開門後側過頭問我，
「是的，剛剛牠走失了。」我焦急地說。
「我沒有看到狗，不過我也沒見過妳耶。」
他還是慢條斯理。

這時候，對面204號房的門打開，出現了一個少年：
「丁先生，你回來啦！我正想找你討論你借我的
《天體運行論》呢！喔，原來是樓上的孤僻小姐啊。」
我快氣瘋了，這個自以為是沒禮貌的傢伙。
不過你也知道，膽小如鼠的我並不敢反駁什麼。
「她的狗走失了。」丁先生說。

我認得這個驕傲的少年，他經常在公園看著厚厚
的書。有著超齡的冷靜和帶點銳氣的眼神。

有一次經過櫃檯時，聽見瑪琪小姐對他說，「書
讀得怎麼樣？巴爾克的哲學系不好考喔！之前有
一個房客可是考了3次才考上。」

有時候，瑪琪小姐關心別人的方式，真讓人不知
該如何回答。

不過他也不甘示弱：「世間的價值判斷與我無
關。我是距離平均值較遠的人。」

少年說，「妳平常與人不相往來，每天和一隻狗待在房裡，到底都在做什麼？妳看起來冷漠又無禮喔！」

我真是氣炸了，冷漠無禮的人是他吧。

「我設計帽子，住在3樓，我並不覺得我像你說的那樣。」

丁先生說，「喔！原來你是這棟樓的住戶啊。」

我實在無法忍受他們浪費我的時間，我想這就是我老待在房間做帽子的原因。

206號房門悄然打開，滿臉鬍渣、頭髮凌亂的男人探出頭來，瞪眼說，「你們可以小聲一點嗎？」

隨後「砰！」一聲用力關上門。

「啊！他心情不太好。聽說，他被開除了。」少年說。

「為什麼?」丁先生搔搔後腦勺。
「聽說他擅自把公車開離平常的路線,往另一個小鎮上開去,
被車上的乘客指控,公司就把他開除了。也不知道他在想什麼。」
少年回答。「我們趕快進去裡頭聊吧,免得他又罵人了。」
他們關起房門,留我一人在黑暗的長廊。

我爬上3樓的樓梯，孤獨空寂像是蟒蛇般
由冰冷的地面竄起，由小腿一寸一寸爬上
頭頂，將我吞蝕進完全黑暗中。

我回想起我和哈魯，我們在一起的日子：
一起曬太陽、一起吃點心、
一起做帽子、一起看風景、
一起騎車、一起散步、
一起睡覺、一起早起。

人生中有些事，
並不會因為不斷練習而操控得更好。

那些美好的日子，也許不再了。

彩色雞生氣地敲著黑白牛的門，
黑白牛在房裡啜泣著。
「別再這樣軟弱了，理智點想想解決的辦法才要緊！」
彩色雞說。

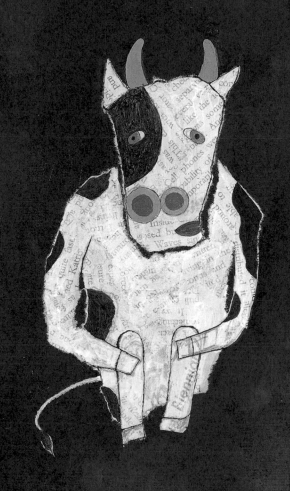

黑白牛開了門，哭哭啼啼地說，「我想回去家鄉了，離開這個傷心地。」
「我真的會被你氣昏頭，我們好不容易撐到今天，美麗的新世界就在眼前了啊！」
「在哪裡？我喜歡家鄉的生活，平平凡凡的幸福。」
「站在原地是看不到的。」彩色雞氣得發抖。

突然，頂樓傳來女人的尖叫聲。

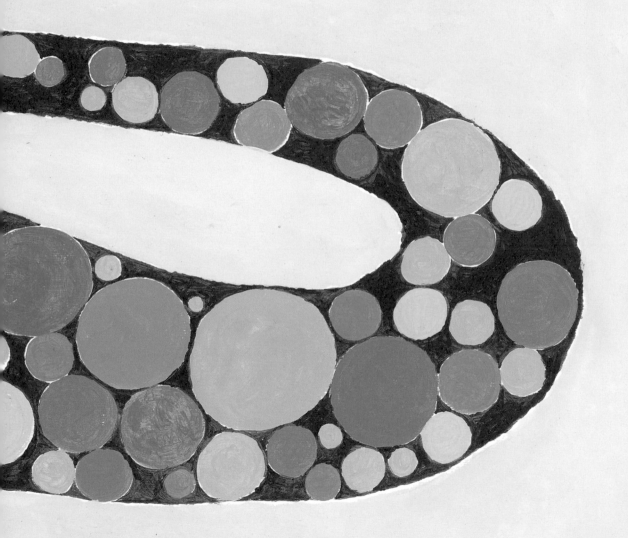

我一把推開頂樓的門，看到哈魯站在桌上。
哈魯找到了，太棒了！
可是……可是牠闖禍了！
牠站在桌上滿身都是麵粉！

瑪琪小姐在旁邊，瞪大了眼睛。
「這……是怎麼回事！」瑪琪小姐說。
「我也不清楚，我才剛剛找到牠……
我會賠償一切的損失。」
我想我慘了。竟然惹上了瑪琪小姐。

「對不起！我不知道該怎麼賠償，
可不可以幫你重做餅乾呢？」
瑪琪小姐說：「你？怎麼可能！
我做了好幾年才試驗成功，不是
隨隨便便做出來的！」

她的臉上流露出我從未見過的感傷神情，「這是我小時候，祖母烤出來的餅乾滋味，那時候我們在花園裡享受了許多美好時光。
可是，祖孫倆要維持生計畢竟不容易。
後來，我祖母聽了投資家的建議，把原來的房子改成公寓租給別人。」

瑪琪小姐今天非常反常地跟我說著她的心事，
我想，應該是有什麼事情觸動了她。
「祖母過世後，留下這棟公寓給我，
我一直待在這裡，過著一成不變的生活。」
瑪琪小姐繼續說著心事。

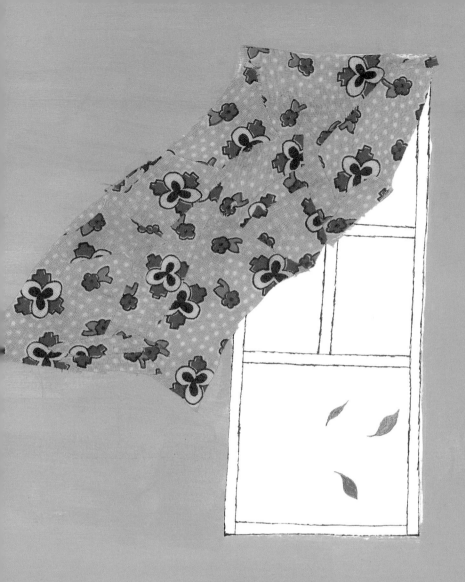

「我老覺得應該做些改變，或是離開這棟充滿回憶的屋子。」不
知道為什麼，我很理解瑪琪小姐這種怕改變卻又渴望改變的矛盾
心情。
「直到有一天，我也不知道哪裡不對，開始瘋狂地種起香草，再
把香草做成餅乾，就用我祖母的方式。」

「所以這些香草都是瑪琪小姐種的啊？」我真不敢相信。
「是啊！只不過事情也不如想像順利。一開始不是香草長不起
來，就是餅乾味道不對，糟透了！也不知道哪裡出了錯，我不知
道丟了多少配方了！」瑪琪小姐說。

「有一天樓下206室的那個公車司機，上來透氣，發現了我的祕密花園。正巧，他從小在農莊長大，於是教了我新的培育方式。」

那個兇巴巴的公車司機竟然是在農莊長大的！

「後來我才明白，種子落在夢想田的那一刻，你不知道它們何時發芽開花；有一天所有陽光空氣水對的機緣串連一起時，自然就會為你開啓大門。就像這些植物，每一株都是獨一無二的，有它們自己開花結果的時間表。急不來的。」瑪琪小姐輕輕說著。

我覺得瑪琪小姐不是我從前認識的瑪琪小姐了。

「那這樣好了！哈魯既然這麼捧場，我也有信心了，就請樓下的住戶上來吃吧！你幫忙去叫他們！我先收拾一下。」

要由我去嗎？可是我不太認識他們，怎麼辦？而且他們都那麼奇怪。

但是，為了彌補哈魯惹的禍，只好硬著頭皮去了。

香草餅乾宴很成功。
結束前，我送給瑪琪小姐一頂
早先偷偷為她做的帽子。

到底是什麼改變了這個世界？還是我改變了呢？
似乎，每天都有一些我們沒有注意到的事物，正在角落小心翼翼醞釀著。

幾週之後，這些新朋
友都戴上了我為他們
做的帽子。

第一次，我親自量了鄰居的頭型，
逐一問詢他們的希望和夢想。

夏天，在他們的慫恿下，
我開了一間「幸福帽子專賣店」。

彩色雞和黑白牛最近也學會和平共處了。

聽說，瑪琪小姐和206室的公車
司機先生在一個遠遠的小鎮，開
了他們的香草餅乾店。
我想，故事才正要開始呢。

作者簡介：

林怡芬（Efen），

1997年東京designer學院畢業，

同年以首獎展出於東京上野美術館。

1997年進入廣告公司創意部門工作。

2000年成立插畫工作室，

以出版、廣告、雜誌、商品、視覺規劃及立體創作為主。

曾為VOGUE、ELLE、ELLE girl、 FIGARO 、 c'est moi等雜誌畫插畫，

並擔任台北101大樓形象廣告插畫、

誠品商場視覺插畫整體規劃設計、

7-11 icash 卡片設計、Nike「after」藝術展。

網站：www.efen.com.tw